U0480298

手持人间一束光

王计兵 著

人民文学出版社

图书在版编目(CIP)数据

手持人间一束光 / 王计兵著. -- 北京 : 人民文学出版社, 2025(2025.9重印). -- ISBN 978-7-02-019005-8

Ⅰ. I227

中国国家版本馆 CIP 数据核字第 2024E7P747 号

责任编辑　李　娜　郭良忠
装帧设计　钱　珺

出版发行　人民文学出版社
社　　址　北京市朝内大街 166 号
邮政编码　100705

印　　制　凸版艺彩(东莞)印刷有限公司
经　　销　全国新华书店等

字　　数　85 千字
开　　本　787 毫米×1092 毫米　1/32
印　　张　6.375
版　　次　2025 年 1 月北京第 1 版
印　　次　2025 年 9 月第 6 次印刷

书　　号　978-7-02-019005-8
定　　价　59.00 元

如有印装质量问题,请与本社图书销售中心调换。电话:010-65233595

序　言

王计兵：正在发光

陈朝华

外卖诗人王计兵破圈出名之后，很多朋友和媒体都很好奇我当初是如何发现并把他"推"红的。其实这真的是个无心插柳之举：某天早晨，在我们"正知书院"媒体老炮读书群里，有朋友分享了《赶时间的人》那首小诗，我觉得立意独特，很有生活质感，文本也很简练有张力，便随手截图转发到我的微博上，只写了很随意的附言："偶然读到一位外卖骑手写的诗，推荐。"没料到这条微博迅速引发轰动，不到两个小时，那条微博转评赞过万，阅读量更是飙升到千万，可谓一石激起千层浪。我凭借多年玩微博的经验预感，这首诗要火了。

第二天，我那条微博转评赞超6万，阅读量破2000万，《赶时间的人》那首诗在社交媒体上的传播不断发酵裂变，我将自己感知到的互动反馈，半带炫耀地再次发了微博并更新到朋友圈，很快引发专业的诗歌网站如中国诗歌网和多家传媒机构的关注，各种采访接踵而至，并开始聚焦到王计兵"外卖骑手"的身份，后续的故事，就不赘述了。

我认为，正是外卖员卑微的社会底层身份与《赶时间的人》一诗撼动人心的穿透力所形成的反差与冲突，所激发的"弱传播"效应，击中了算法的靶心，从而把王计兵推到了前台，成了流量时代的幸运儿。因此，我在回应媒体提问时一再强调，是算法成就了王计兵，我的推荐，我个人的影响力，只是起到了一个引子的作用。

当然，也有一些人质疑这首诗是否值得如此多的关注与赞誉，当时我特意在微博上发了一段短评作为回应：一首诗只要能准确表达作者的现实体悟、清晰传导作者的真挚情感，就基本成立，其他的意境、韵律、结构、遣词造句并非那么重要。至于是否引发共鸣共情，取决于多大程度能触动审美主体的主观感受，而审美价值是客观存在与主观感受相结合的产物，所谓诗无达诂，各美其美。王计兵那首《赶时间的人》能打动无数读者，有作者身份的现象映射之审美铺垫，更主要的原因，还在于作品本身隐忍而充满张力。

此后，我基本不再就此事公开发声。他的命运也许因我无心之举而改变，但我希望能做到"事了拂衣去"，只在微信上和他维系君子之交足矣。

直到此次，王计兵的第四本诗集将要在人民文学出版社问世，他再三转达出版方的诉求，一定要我写篇序言。盛情难却之中，我不得不往事重提凑字数，也算给读者们比较系统的解解密。

王计兵在成名之后依然葆有谦卑与清醒的品质，他依然本分地沿着过去的生活轨迹坚韧前行，笔耕不辍，甚至进入加速期，那种沉浸于一悟一得中拥抱诗意降临的小确幸，那种纯粹、自在与快意，我是心有戚戚的。

我觉得，王计兵是懂得感恩、有所敬畏且有自知之明的。他也许知道自己天赋不高、学养有限，所以更相信勤能补拙、笨鸟先飞，涌动在他作品中的生命强力、精神渴求和悲悯内蕴，呈现出的，是他的生活本色。是的，他就是一个扎根生活的本色写作者。他很好地平衡了诗歌写作的专注与生活态度的松弛，既有"我命由我不由天"的坚韧，也有"我手写我心"

的超然，他的洞察细腻而真切，他的倾诉内敛且丰富，他的文本朴实无华却又充满一种野生、原始的力量。诗如其人，人如其诗，王计兵做到了，因为他始终活在真实中，一直在本色中抒情、宣泄、呐喊与思考。

既然要写序言，还是说说这本诗集吧。《手持人间一束光》中，王计兵以"秩序与法则"开篇，通过对日常生活的观察，展现了社会生活的秩序和个体在其中的角色。他的诗，如同一面镜子，映照出我们这个时代各种真实的侧面和横截面，鼓励读者能在忙碌的生活中停下脚步，反思、审视、叩问，甚至矫正周遭的浮躁与喧嚣。"亲情温度计"则是对家庭和亲情的深情赞美，王计兵用细腻的笔触描绘了亲情的温暖和力量，让读者感受到了无论生活多么艰难，亲情始终是最坚实依靠的后盾。"事物的重量"是对物质与精神关系的深刻思考。王计兵通过对日常事物的观察，揭示了他所感知的物质世界背后的精神意义，以及平凡事物背后的无言深意。而在"万物皆有灵"中，王计兵展现了他对自然和生命的敬畏。他的诗，有对自然之美的颂歌，有对生命力量的赞美，在他的笔下，一草一木皆有情，一山一水皆有灵，引领人们在现代都市的喧嚣中，重新发现自然的魅力和生命的意义。

总之，王计兵《手持人间一束光》中的诗篇一如既往地质朴、粗粝，每一行诗句都是从生活的土壤中野蛮生长出来的，带着泥土的芬芳和岁月的积淀。它以其独特的视角对生活细节进行深度捕捉、对人性深处进行温柔地触摸，在平凡中发现非凡，在残缺中想象完美，在疲惫中重构激情，在人间烟火中寻找诗意。王计兵的诗歌，就像他手中的一束光，不仅照亮了他自己前行的道路，也温暖了无数心中有梦、不信宿命的普通人。

王计兵在给我赠书时曾题签：我不发光，我只是靠近了光。现在，我要说，他的故事本身就是一束光，他自己，也正在发光。

目 录

第一辑　秩序与法则

手持人间一束光 ／ 002

合影 ／ 004

一个外卖员和一位夜摊大嫂的三次相逢 ／ 006

烤火 ／ 008

怎么还有这么多人 ／ 010

感应门 ／ 011

结构 ／ 012

我喜欢 ／ 013

穿过广场去取餐 ／ 014

新年好 ／ 015

寻人启事 ／ 016

定位 ／ 017

刷屏 ／ 018

分身术 ／ 020

擦夜的人 ／ 022

真相 ／ 023

受气 ／ 024

盛夏 ／ 025

高温 ／ 027

天干物燥 ／ 028

傍晚 ／ 029

大概是爱情 ／ 030

疲劳驾驶 ／ 032

今夜月正明 ／ 034

日子 ／ 036

好好吃饭 ／ 037

麻雀 ／ 038

安检 ／ 039

第二辑　亲情温度计

人世间 ／ 042

清明节 ／ 043

母亲 ／ 044

岳母 ／ 045

钱包里的老照片 ／ 046

临界期 ／ 047

信物 ／ 048

父亲的通讯录 ／ 050

活着的人 ／ 051

落满灰尘的幸福 ／ 052

南方一直没有下雪 ／ 053

排除法 ／ 054

如果我有一片草地 ／ 056

影子 / 057

送女儿去车站 / 058

家 / 060

过期食品 / 062

土墙 / 063

乡愁 / 064

母亲的身高 / 066

母亲望着我 / 068

数人 / 069

母亲，我想和您谈谈诗 / 071

菠菜 / 073

秋风 / 075

独坐 / 076

母女 / 077

习惯 / 078

衬衫 / 079

保证 / 080

准备 / 081

第三辑　事物的重量

换算法则 / 084

护坡 / 085

民工 / 086

角度 / 087

孤独 / 088

一群老人在谈论墓地 / 089

理想 / 091

空夜 / 092

朋友 / 094

失重 / 095

鞋带 / 097

新瓷碗 / 099

无题 / 100

筐 / 101

苍蝇和地图 / 103

白 / 104

我想把一首诗一字排开 / 106

二郎腿 / 107

好刀 / 108

品茶 / 110

废弃的铁轨 / 111

花瓶 / 113

打铁 / 114

风筝 / 115

刀鞘 / 116

流沙 / 118

立交桥下 / 119

粽子 / 120

故人重逢 / 121

三种心情 / 123

假山 / 124

扫地僧 / 126

井 / 127

第四辑　万物皆有灵

顺从 / 130

荒滩 / 131

数羊 / 133

桃花 / 134

草地 / 136

挂在电线上的雨水 / 137

雪地 / 139

大树 / 140

江边独坐 / 141

在故乡遇到一场大雪 / 142

春风 / 144

在棋子湾遇到大海 / 146

狩猎 / 150

寒流 / 151

大雪天 / 152

绿化树 / 153

种子 / 154

野花 / 155

池水 / 156

落日 / 157

草 / 158

大雪往北 / 159

默不作声 / 161

落雪 / 162

倒春寒 / 164

所有的河流还在路上 / 165

赞美 / 167

池塘 / 168

你看天空就要黑了 / 170

听风 / 171

赋月亮 / 172

阿尔山的水果 / 176

阿尔山的草 / 178

倒影 / 180

艾山 / 181

芦苇 / 183

一只蚂蚁在搬枯叶 / 184

后记
文字的力量是生命里的一束光 / 186

第一辑

秩序与法则

手持人间一束光

德邦,圆通,邮政
美团,顺丰,货拉拉
极兔,申通,韵达
闪送,中通,饿了么
…………

如果我来重写江湖
小哥肯定是江湖第一大帮
类似于金庸笔下的丐帮

定时,帮送,帮买
大件,中件,小件
超时,投诉,差评
见招拆招,每个小哥都身手不凡

八千四百万①

他们人多,却不恃强凌弱

他们遵守法律

用汗水和速度保持生活的惯性

上楼下楼,步履如飞

抢单送单,左右互搏

每个小哥都是"段誉"或"郭靖"

从憨憨少年修炼成绝世枭雄

如果我来重写江湖

就以小哥致敬时代

行侠仗义者,不用十八般兵器

而是手持人间一束光

---

① 截至2023年,全国快递行业从业人数约8400万人。

合影

所有的人围成半圆
围成一张大合照
在摄影师按下快门之前
我突然想在所有人的中间
安放一把空椅子

如果那把空椅子上
坐下来一位白发苍苍的老人
我们就像是一群幸福的儿女

如果那把椅子上
坐下来一个乞讨者
我们就像一群热情洋溢的施舍者

如果那把椅子上
坐下来一个孤儿
我们就像一群特别有爱心的人

一把椅子有无限的可能
这些想象
让我陷入一种莫名的美好

直到站长宣布例会结束
那把椅子,始终没有出现
而我们,依旧是一群外卖员

一个外卖员
和一位夜摊大嫂的三次相逢

第一次路过时

我发现那盏明晃晃的灯泡

被一根电线吊着

在她弓腰推行的三轮车上

左右摇晃着马路

想把熙熙攘攘的影子摇醒

实际上,生活是上紧的发条

总是在夜里敲响闹铃

第二次路过时

那盏灯安静地照耀着

一车氤氲的热气

仿佛冬天从这个老旧小区

刚刚跑下楼梯

完成新一轮的外卖配送

顶着一头雾气调整呼吸

第三次路过时

夜摊大嫂正在起身

拔下一侧的电插销

她弓腰的姿势像一种歉意

灯泡熄灭的一瞬

天光大亮。我发现

一盏孤独的灯

只会让天空变暗

烤火

那么多的烟

居住在一根木头里

当我用火点燃

这些烟从木头里逃出来

一会儿就挤满了整个房间

和我泪眼相望

这么多年来

你们都去了哪儿

我从他乡的炊烟里

街头的烤炉中

野营的篝火处

一遍遍寻找过你们

没想到你们也在寻找我

在骤然降温的江南
在随手捡来的木头里

一根木头的缝隙里
到底能安置多少岁月的云烟
才能让一个年过半百的人
泪流满面

怎么还有这么多人

子夜时分
马路上怎么还有这么多外卖小哥
怎么还有这么多点餐的人
绕过一条又一条马路
穿过一个又一个小区
我多想在马路上只留下
夜不能寐的我
此刻,整个人间都是我的
快乐或痛苦也都是我的
我想展开双臂
就展开双臂
愿意抱紧双肩
就抱紧双肩
可到处还有这么多人

感应门

我原本
在酒店的大厅
转一转
感应门却打开了
我只好走出酒店
在门前又转了转

结构

从微信群看见
一个网友发来的
社会等级金字塔结构图
我把手机倒过来
金字塔变成一枚钉子
想象塔尖的极少数深入底层
提供一个广阔的平台
给普通百姓
可手机的智能感应
又迅速把金字塔结构图调整了过来

我喜欢

我喜欢每天骑行穿梭在昆山
日新月异的大街小巷
浏览着风景
谁能说这大千世界不是我的
谁能说我不是这大千世界的
我们相互拥有这个世界
彼此热爱
我还喜欢在深夜接到
去乡下的远程单
喜欢那些没有路灯的乡间小路
黑暗中,只有我的电瓶车
还在路上颠簸
远处的村庄隐约亮着的灯
一盏接着一盏,渐渐熄灭

穿过广场去取餐

晚上八点,穿过广场去取餐
穿过广场上的音乐和旋律
穿过广场上跳舞的人群
下午四点
我曾在学校门前穿越过他们
那时,他们是熙熙攘攘的家长
现在,他们是熙熙攘攘的老人

一个人和一群人的再次相遇
算是一次盛大的重逢
导航说,你已骑行六公里
相当于绕故宫骑行两圈
按照导航的逻辑,是不是也可以说
我已工作了四小时,相当于
接了学校里的孩子,又跳了广场舞

新年好

我到昆山二十二年了
一到节假日
马路变得空荡荡的
我站在自家小店的门外
看见路上
过来一个外卖小哥
又过来一个外卖小哥
相比往日
空旷的马路让他们的速度更快
我迎面和他们说一声新年好
他们回复我一声新年好
声音洪亮,像新摘的草莓
富含汁液,略带酸涩

寻人启事

临近春节，打工人陆续返乡
小区的一角，重新贴满了
出租房屋的广告
一张寻人启事挤在其中
仿佛一个人拥有无数间房子
却依然无家可归

定位

送外卖时

经常因为接了最后一个远途订单

而延迟下班。子夜一点

还在等待的爱人打来电话

说打盹梦到了我

这让我觉得

刚刚经过那条漆黑的小路时

电瓶车突然一阵颠簸

仿佛撞到了爱人的梦

所以爱人问我的位置

我说在一个十字路口

离顾客五公里

离梦一公里

刷屏

每当没有外卖订单时
面对空白的手机屏幕
我就用手指滑动屏幕
不断刷新
刷着刷着
新的订单被刷出来
就像当年
我们面对收获后的土地
挥动筢子,不停地刨地
刨着刨着就刨出一块红薯
刨着刨着就刨出一颗花生

就像同一件事情
我已经做了许多年

当年是为了活着

现在是为了活着

分身术

如果可以分身
我让另一个我
和我一样
也在路上送外卖
让我在午夜
在一条小路上
自己遇见自己
我会指着远方给自己看
那盏灯光
等我完成订单
它就会熄灭
我就反身往家赶
我会和我一起回家
在走近家门之前

合二为一

不会把一种等待

分成两次交给一个

留灯的人

不会让一盏灯

分两次熄灭

擦夜的人

那个扫马路的清洁工
此刻手持抹布
正在擦路边的一个垃圾桶
这让我始料未及
我早已形成了习惯将污秽扔进垃圾桶
从未想过垃圾桶也需要擦拭
你看他擦得多么认真
蘸着水擦，弓着腰擦
喷着雾水擦
以至于让我觉得
这个夜晚也被他擦得
比以往的夜晚明亮

真相

一到春节
人们不再叫
蓝领,白领
小姐,小哥,打工族
而叫
儿子,闺女
爸爸,妈妈,亲爱的
春节像一件旧衣服
很容易还原真相
也很容易被抛弃

受气

他已经换了很多工作了
理由是,受气
所以他又入职
成了外卖骑手
我知道
这份工作
他一定干不长

盛夏

气温开启"烧烤模式"
车轮在马路上翻滚
发出哒哒的声音
像是撒下孜然和盐
餐箱里的外卖
有适宜的温度
凉皮、冷面、冰饮
像空调房里的人
因为得到高温补贴
各个价格不菲

我们没有高温补贴
所以只买了两瓶冰水
一瓶用于解暑

一瓶备着应急
多好啊,高温
让人提高警惕
为生活中的未知做足准备

高温

喝下两瓶矿泉水后
汗立刻从身体渗出来
我感觉自己快发芽了
土壤、空气和水
种子发芽的基本要素
我已经具备
接下来只需要我走近田野
俯身观察一株植物
学习它们生长的姿势和态度

天干物燥

高温天气里的风

让人着迷

热浪推着热浪

一丝夹缝里的凉爽

也有沁人心脾的美

一朵一朵的云

白到发亮

像棉花褪尽青涩

天干物燥,小心火烛

在盛夏

一切都和防火有关

只有奔跑的人

富含水分

不断地从身体里拧出一条条河流

傍晚

太阳落山之后

大地落满阳光的灰

让人相信

丢下一堆干柴就可以复燃

我用汗水浸透一层又一层的工装

以保证这些纤维不会燃烧

我还在商场的入口处

稍作停留,让两袖装满

空调的冷风。像一个

投机倒把的商贩

倒卖着温差

以此赚取顾客的好评

和一单一单的利润

大概是爱情

取餐时
我经常遇到这样的夫妻
女人睡着了
男人忙碌着
也有时男人睡着了
女人忙碌着
这大概就是爱情
被一个梦隔开
也被一个梦相连

我还经常遇到
在上下班时间
骑着电动车
接送女朋友的外卖员

因为潜伏着被罚单的风险

这大概就是爱情

每当遇到这些

我都在心里默默祈祷

如果是我的孩子

我会默默心疼

如果是我的朋友

我会默默祝福

如果就是我自己

那一定是再次

遇到了爱情

疲劳驾驶

前面的外卖小哥

骑着电瓶车走 S 形路线

凭我的经验判断

应该是在打瞌睡

此刻的阳光

正唱着和煦的安魂曲

蛊惑着午后的梦

我想提醒他

把头盔拿掉

释放出耳朵来

听听马路上真实的刹车声

可是又不能用一个错

去纠正另一个错

所以我把小指放进了嘴里

吹了一声响亮的贼哨

岁月有贼

生活偷去的

一定要让生活返还给我们

无论白天还是黑夜

今夜月正明

我说给你摘天上的星
你说信
我说给你富贵的生活
你也信
你信我办不到的事情
却从不让我以身犯险
一起仰望过星空
一起憧憬过未来
以为蓝天遥不可及
后来穿上了这身
纯蓝色的工装
夜空里的光
不是越来越少
而是越来越多的星星

来到了人间
在这灯火阑珊处
邂逅一弯月亮
我们捧起的每一束月光
都抑制不住心中的荡漾
如同我们年轻时的爱恋

日子

被爱情浪费过的时光
正在被找回
我们喝水、吃饭、睡觉
闭口不谈爱情。谈从前
被爱情浪费过的时光
应该用来淘沙、拾荒、送外卖
让日子充实起来

真正的爱情没有页码
爱情的下一页依然是爱情
能被我们一饮而尽的
仅仅是青春

好好吃饭

每当我忙于送订单
三餐不准的时候
就会想起
父亲临终时嘱托母亲:
"你要好好吃饭"
如今母亲
也过世多年
我替代母亲活着
像个不听话的人
像父母相互纠缠
并不幸福
却不离不弃的余生

麻雀

那些麻雀

飞过每一片树林

都好像飞过故乡

作为最熟悉的文鸟科

我了解麻雀

如同了解外卖小哥

每一次骑行

都不会太远

麻雀也一样

反复降落

每一次降落都是家

每一次降落

都不是故乡

安检

每次过安检
我都会把随身携带的金属取出来
充电器、剃须刀、雨伞
指甲钳、钥匙扣
每当检测仪靠近,"嘀"的一响
我就心头一紧
害怕让我交出血液里
为数不多的金属属性

第二辑

亲情温度计

人世间

人间的事物总是那么柔弱

田野里的坟

如同大地凸起的皮肤

即将刺穿的痛感

像萌动的种子

大地上没有时间穿不透的事物

哪怕生活有时如同坚冰

人间事,哭一哭就过去了

如果不行,就再哭一会儿

清明节

原以为人生是一个个线段

先由父母画

再由自己画

最后孩子画

画着画着这一生就结束了

后来发现人生是一支铅笔

总是留下一个铅笔头

捏又捏不住

画又画不出

只能攥着、捧着、捂着

在那里无助地哭

母亲

年轻时的母亲
总用一根绳子束腰
束上绳子干活有劲
饿了,就把绳子勒紧
还饿,再勒紧
母亲总是把腰勒得很紧
无论冬天还是夏天
看上去
都有一副好腰板

岳母

黄昏,岳母把羊群
赶成一条河流
翻过河堤
我看见咩咩的羊群如水流涌进羊圈
岳母的吆喝
是落进水的石头

在郭家庄,只有岳母
能把日子赶成一首诗
用她七十三岁的步伐
用她飘逸的白发
用村庄最后的羊群
和一个落日的韵脚

钱包里的老照片

"实在舍不得

就翻拍修复一下吧"

妻子说,女儿也说

可她们哪里知道

老照片的裂纹修复后

我心里的裂纹怎么办

修复一张新的照片

重新站在我的内心

就如同站在

寸寸开裂的田野

修复后的父亲还是那么年轻

而我还有那么远的绝望

需要重新等待

临界期

父亲因肺癌过世之后
除了遗言
还留下了很多药片
我们研究了药性
功能与主治
也研究了药品的保质期
大多为三年

母亲两年两个月后
也过世于肺癌
犹如一件药品
在临界期之前被服用

信物

我试着回忆一个梦
只记得母亲
一直说些什么
而我一直在路上走
其他的细节都遗留在了梦里
想必梦里的母亲
也是拥有了一个不完整的梦
被我带出来的那部分
也无力追回母亲的梦
我和母亲各自拥有的半个梦
都被撕出了不规则的边缘
像一种信物
世事无常，等我死后
无论人世间发生过什么变化

我和母亲

始终能凭借各自的半个梦

完成母子相认

或喜极而泣，或抱头痛哭

父亲的通讯录

父亲的手机通讯录里

有一些特殊的联系人

比如,脑溢血病友

肠梗阻病友

骨移植病友

心脏支架病友

中风偏瘫病友

晚年的父亲经常和他们通电话

相互问候,相互交流

这些病,有的父亲患过

有的母亲患过

活着的人

我的几个发小
这几年相继离世
有的死于意外
有的死于疾病
有的死于自杀
这让我时常感觉自己
是在代替他们活着
做他们爱做的事
唱他们爱唱的歌
喝他们爱喝的酒
吃他们爱吃的零食
偶尔遇到一些不开心的事
我也会提醒自己
你已经死了
别和活着的人计较

落满灰尘的幸福

乡下的老房子

久未居住

到处都落满灰尘

当我用抹布

擦拭相框上的灰尘

照片里的人

突然笑了

南方一直没有下雪

下雪了
很大的一场雪下在故乡
下在女儿家的院子里
女儿带着外孙女
在院子里堆了一个雪人
给雪人戴上头盔,穿上工作装
让雪人送外卖,写诗
外孙女打开视频
急不可耐地问我:
"姥爷姥爷,雪人像不像你?
像不像你?"

排除法

儿子高烧，腹痛，盗汗
被送进医院住院治疗
第一天，医生怀疑盲肠炎
妻子呆坐在走廊
第三天，医生怀疑结核病
妻子瘫坐在走廊
第六天，医生怀疑血液病
妻子瘫倒在走廊
第八天，医生通知
那些怀疑的疾病被排除，可以出院
妻子号啕大哭

一次次排除
如同把一个女人的一生

排除了女儿、媳妇、姥姥
以及和女性相关的所有身份
只留下一个
干干净净的母亲

如果我有一片草地

如果我有一片草地

我就养一群羊

我会看见那些草

匆匆忙忙地生长

看见它们唯恐养不活自己的羊

一生慌慌张张的样子

看见它们来不及枯萎

就陆续返青

我还要听见那些羊

一声一声地喊：

妈——妈——

影子

父亲病逝

注销户口的时候

工作人员收回了父亲的身份证

只把复印件还给了我

就像他们收去了父亲

只把父亲的影子留给了我

时至今日

我越来越像一个影子

除了时光

没有什么能把我抹去

送女儿去车站

女儿结婚之后
回来的次数越来越少
间隔的时间也越来越久
这次回家离上次间隔了一年半
只待了五天
两个外孙女
一个上小学
一个上幼儿园
没有随女儿一起来
打电话问：妈妈哪天回家？
女儿就待不住了

送女儿去车站
一路上，女儿一句话都不说

走进车站时也没有回头

女儿的心情我理解

我们也曾像女儿一样年轻过

每次回家看望父母

每次都会无言地离开家乡

不敢回头

家

那些不用做窝的鸟

多么让人羡慕

从一棵树飞到另一棵树

从一片树林飞到另一片树林

从一个地方飞到另一个地方

脚爪落在哪里,哪里就成了家

不断拥有,也不担心失去

那些喜欢筑巢的鸟

也让人羡慕

它们展翅高飞

它们低处盘旋

它们跳跃,它们

都有一个家为它们守候

即使遭遇人类的砍伐

也只需花些时间

重新捡来细枝

重新换一片树林

不用担心,像失去房屋的人

衣衫褴褛

无以为家

我羡慕那些鸟类

因为拥有翅膀

所以获得了无限的自由

过期食品

方便面,不吃调料
豆奶粉,多加水
面包,把皮揭了
母亲曾经教给我很多
处理过期食品的方式和理由
比如过期的罐头
每次只吃一块
就算有毒也不会有事儿
总比丢了强

后来,大哥规定
回家看望母亲
谁都不许买容易过期的食品
直到,母亲过世

土墙

当年我离开家

母亲用最古老的方式

在墙上记下我离开的日子

一天画一道

后来我家门后的土墙上

密密麻麻

画满了竖立的条纹

像老房子的裂缝

以至于我的想念

也和那些裂缝有关

无论住在什么样的房间

只要想到母亲

不是刮进风,就是飘进雨

乡愁

父母过世之后

乡愁进一步得到缓解

以前父母和我

相互黏合

像我工装的背贴

每次撕开

都互为背面

现在,新农村改造

原来的王家庄

刘家庄、李家庄

也被改成了金水园

丽水园、秀水园

我的余生

更像一卷透明胶带

每想念一次，就撕短一截
试图封住什么
而我一生终将成为一个
失去黏性、无用的纸圈

母亲的身高

身份证上没有记载

户口本上也没有记载

我只记得小时候

母亲背着我赶路

我曾伸手薅下

路边的狗尾巴草

只记得

割麦子的母亲低于麦草

拉车的母亲接近路面

母亲也到学校找过我

从初二教室的窗口

露出一颗头颅和半个肩膀

十五岁时我离开家

后来母亲中风，瘫了

再也没有站直过
回忆这一生，我居然不知道
我的母亲究竟有多高

母亲望着我

物业上门询问的时候

母亲望着我

警察上门调查的时候

母亲望着我

邻居打招呼的时候

母亲望着我

一到城里

母亲一直望着我

一直让我替她作答

小时候的我

也这样望过母亲

胆小,怯懦

害怕答错问题

丢了母亲的面子

数人

昨晚,我和爱人
并排躺在床上
黑着灯
挨家挨户,数人
数村庄里已经去世的人
数了半个村庄
没有一户能够幸免

后来我们又
挨家挨户
数新增的人口
像是在一片树林的树坑里
重新补栽了树苗
让树林继续保持住

树林的样子

数着数着
我率先睡着了
早晨,爱人说
我夜里的呼噜声
像锯,拉了一夜

母亲,我想和您谈谈诗

母亲问我在干啥

我说谈诗

母亲说菜刀在桌子底下

我在房间里

母亲在院子里的躺椅上

和我隔空对话

几天以来

我把从生活中榨取的少量的蜜

交给了母亲

把大量的残渣藏进了自己的肋骨

我用手机的前置摄像镜头

拔掉鬓角的几根白发

这些年,在异乡

把我从小王变成老王

唯有母亲

能让我瞬间变成孩子

让我享受这为数不多的母子时光

那些被儿时丢弃了的

正在一一捡拾

菠菜

母亲把菠菜枯黄的边叶摘除
一棵一棵地码放整齐
阳光从背后照过来
从头顶照过来,迎面照过来

母亲从一旁的水池里
不停地用手掬来水
在菠菜上洒出新鲜的水滴
还是止不住菠菜继续打蔫

一路上
我把母亲背后的菠菜
偷偷丢掉许多,我以为那样
母亲就会轻松一些

整个晚上
我在阳台
守着一把邻居送来的菠菜
一遍遍顺着记忆的小路往回走

想把丢掉的菠菜
从路边一一找回来
想把举着手电的母亲
从人间，找回来

秋风

秋风肯定不是无情
肯定不是，你看每一片叶子
落地之前都被秋风托了又托
举了又举，送了又送。你看
无风时的落叶，落得更快

当我在一条小路的尽头回头
只有风，把一片片叶子送到我面前
你看，母亲在桥头佝偻着腰身
多像面对大地的追问
只有秋风才适合托举着母亲的白发

独坐

白菜活着

萝卜活着

辣椒活着

地上落叶稀薄

冬天还没到

我的父亲死了

从现在起

父亲疼爱过的人

我开始崇敬

父亲记恨过的人

我开始原谅

母女

我有三个姑姑

大姑出嫁后

奶奶抱怨大姑离家

二十公里的距离太远

二姑出嫁后

奶奶抱怨二姑离家

十公里的距离太远

所以小姑就嫁在本村

我家住村东

小姑住村西

老年后,行动不便的奶奶

又开始抱怨

小姑家离得太远

习惯

母亲过世之后
很长一段时间，我都不习惯
有时，听到身后
有人瘸着腿走路
我也会猛地回转过身来

三年多了，本以为习惯了
昨天在饭馆遇到一位
用指甲捡衣服上米粒的人
我还是忍不住红了眼眶

衬衫

父亲过世后
我保留了一件父亲的衬衫
时不时穿上一次
有时去旅游
有时外出参加一些活动
这件衬衫
以前没有经历过这些
有一次我穿着衬衫
蹲在自己的承包地
把路过的邻居吓了一跳
然后又拉着我的手说
太像老爷子了
他生前就喜欢这样
有时蹲在地里薅草
有时蹲在地里抽烟

保证

母亲曾经给我打过一个电话
让我先保证不哭
我说我保证
母亲说,你爹在医院
情况很不好

我连夜动身返回老家
好在虚惊一场
可那天夜里回家的路上
我没有遵守诺言
一直流着眼泪

准备

母亲在五十四岁中风偏瘫
父亲一直精心照料
直到母亲七十七岁
父亲突然过世
母亲说
接下来的日子
不知道应该怎么过

很多年来
我们一家人都坚信
父亲会比母亲更长寿
为此我们都做了
很长时间的心理准备
如果没有了母亲
我们应该如何安排
父亲的生活

第三辑

事物的重量

换算法则

这座大楼没有建成之前

父亲曾用脚步丈量过建筑地的周长

并由此推算出

每年可产八百斤小麦

一千斤玉米

如果秋粮改成红薯

产量更高

如今这座大楼拔地而起

每天看见员工上下班

进进出出。我想到的

仍然是田野、庄稼和粮仓

护坡

车站广场的围墙边
一群民工蹲成一排
像是一面墙整齐的护坡
几十年前
我曾是他们中的一员
在一个个车站的围墙边蹲着
等发车时间
看车站楼顶的大钟
一秒一秒地把天空抹平

民工

我们这一代民工
越来越老了
我们的孩子
正在完成学业
如果我们离开人世
那些工地怎么办
谁顶着烈日
谁冒着风雪
我多么害怕
我们的子孙
成为新一代
高学历的农民工

角度

从我的角度看过去
一只鸟正在孵化月亮
月亮薄而透明,呼之欲出
如果我离开,生怕
月亮就有摔落的危险
我相信我的汗水
不是因为刚才的奔跑
而是因为过于担心
所以我愿意多坐一会儿

孤独

原以为属于一个人的
才叫孤独。后来发现
当一座座老房子门前
各自坐着老人
一天一天
被暮色连成一片
也叫孤独

一群老人在谈论墓地

很少有这样团聚的时候
特别是老村庄拆迁后
老人们各自跟随自己的孩子
去了不同的地方生活
这次相聚
是因为一个老人的葬礼

夜里下了一场雪
他们坐在一个火堆周围
伸出各自的手烤火
火堆映照得他们皮肤发红
像一种集体誓言
他们谈论未来
各自墓地可能存在的位置

谁和谁更近

谁会成为谁的邻居

他们谈得轻松又愉快

好像死,是一件快乐的事情

理想

篱笆提供的高度

不够这些藤蔓攀爬

所以藤蔓多出来的部分

就在空中挥舞

四处寻找落脚点

这让我想起我们的少年

四处寻找自己的理想

也曾经在空中挥舞着自己的触须

那些理想

由于长期找不到落脚点

大多都断了头

重新返回篱笆

空夜

立新河是安静的
安静到没有漂浮的落叶
你误以为是水面静止
王庄村的傍晚
两个坐在桥头吸烟的人
一声不吭地吐着雾
李解也死了
一个月前,我在这里
和另一个人默默不语
因为本家一位百岁的嫂子过世
我们掰着指头
数村庄还剩几个老人,之后
相对无言
可李解还不到五十岁

不到半百

三十年前我们一起结拜

不求同年同日生

四周天色逐渐阴暗

用不了多久

夜色就会笼罩立新河

用一种安静笼罩另一种安静

一片落叶默默消失

黑暗中

我们抽完最后一根烟

把夜抽成了一只空烟盒

朋友

我喜欢小草,也喜欢大雪
可大雪和小草坚决不做朋友
我只好把大雪的冰清玉洁
告诉小草
也把小草的苍翠欲滴
告诉大雪
我希望我们都成为好朋友

失重

父亲曾因公负伤
母亲成了一家六口唯一的劳力

我观察了很久
火越红,锅底越黑
母亲的皱纹就越深

我品味了很久
饭越香,日子越苦
母亲的眼泪就越大

夜越长,田野越空
当母亲在漆黑的夜里号哭
身体就越小,越藏不住我的双手

路越长,越想回头

旧时光是隔着玻璃的老照片

越擦拭,越想大声叫喊

鞋带

我对有鞋带的鞋子

总是情有独钟

两根鞋带,像两根绳子

五花大绑

捆住我的双脚

让我在人间行走的每一步

仿佛带着累累罪责

因此,我接纳了

这一路的负重

太多的恩情,因为宽恕

有时鞋带开了

我被自己绊倒

这让我更加确信

不是所有的自由都正确
放羊的人
放得久了
就连走路的速度
也和羊群相仿

当放羊的人得知
城里的儿女
没有回家过年的打算
就把脸仰了起来
我总感觉她会喊一声
可是没有
她只是因为脚步变慢
落在了羊群的后面
像一只掉队的羊

新瓷碗

一只有裂纹的瓷碗

在饭桌上

而另一摞崭新的瓷碗

在一旁的碗柜里

等待着

可是,直到母亲过世

那些新瓷碗,一直没有等到

摆上饭桌的机会

我们曾经相信

一只有裂纹的瓷碗

肯定熬不过母亲

所以才会

不断地买来新瓷碗

无题

我们的身体里
一定关着什么
朋友大难不死
在腹部开了一刀
因此,他发誓
好好善待人间
他时常微笑
也时常弯腰捂着刀口
此前他从不这样
一定是那一刀
让他从身体里跑出过什么

筐

母亲说

我是在筐里长大的

那时候

母亲每天都要在田里

参加集体劳动

幼小的我就被放在

地头的一只柳条筐里

谁路过谁就逗一下

我就会咯咯笑一会儿

后来大了一些

母亲就为我换了大一点儿的筐

直到我满地奔跑

二十三岁那年

军人出身的表哥曾警告我
太爱笑的人,容易被人欺负
也许表哥是对的
可表哥并不了解,我的笑
有一种筐的历史属性
就像每逢春天
柳枝必然发芽
柳条青了好编筐

苍蝇和地图

一只苍蝇,在地图上
肆无忌惮
一会儿向东,一会儿向西
一会儿向南,一会儿向北

手持蝇拍的人,反而无所适从
拍死一只苍蝇很容易
可它死在哪儿
都会留下不易清理的污渍

白
——观豫剧《杜甫》有感

1

天下最难为的颜色

是白

各种颜色

都可以洗白

只有白

无路可退

白是白

唯一的底色

一张纸要是有所作为

必须要弄脏自己

2

败落之后
仍不变颜色的花
大概只有棉花
越败落越鲜艳
天下所有花的颜色
最不容易的
就是保持白

一朵棉花
拥有刀锋一样的光芒
却被用来温暖人间

我想把一首诗一字排开

我想把一首诗一字排开
排成一个长长的队伍
把在那里排队的人替换下来

我想让被替换下来的人
像诗一样地活着
给他们足够的张力和留白

我想把一首诗一字排开在广场上
排成一句深情的文字
让朗诵的人一口气读不下来

二郎腿

我把右腿压在左腿上
也把左腿压在右腿上
不停地调整坐姿
以便让双腿都能获得相同的舒适度

那年我去办事
一个仰躺在椅子上的人
左腿一直压着右腿
半小时,没有变换
我看见他抖动的右脚
像一个人窒息前的挣扎

好刀

是刀子就要硬下心肠

就要有快刀斩乱麻的果断

要有生死不见的决绝

要冷漠,要吹发立断

牛刀杀鸡算不得好刀

断水的刀子是自取其辱

七星刀也算不得好刀

所以才被曹操双膝跪地

献给了董卓

好刀就要有过关斩将的威猛

关云长的青龙偃月刀算一把

好刀就要有刺王杀驾的勇气和决心

荆轲的匕首算一把

刀子的心若软了

就会伤了自己

母亲的菜刀算一把

父亲的镰刀算一把

品茶

我本是不喝茶的
自从女儿出嫁以后
女婿买来茶叶
没有存放的地方
我才买来茶具

现在，我已能从
那些微苦的叶子里
慢慢品出香来
也渐渐习惯了
于夕光微晖处收回目光
收回那些微苦的想念

废弃的铁轨

我听到冰凉的铁

对锈说想念

我也告诉它

在我小时候

学校吊着的一小节铁轨

代替钟

铁轨一响

我们就可以冲出教室

有时去河里摸鱼

有时去田野里捡麦穗

还有一次

父亲用自行车捎着我

去九公里以外的岔道口

看一列列绿皮火车

哐当哐当地驶向远方
从那时起我知道
有一种可以说话的铁
叫作铁轨

花瓶

没有插花之前
它曾是酒瓶
后来,又在厨房
装过酱油
直到遇到这枝百合
才被我发现
原来它如此光彩照人
除了它
没有什么花更适合

打铁

每当农忙来临之前

父亲就会拎着一些旧铁

走进铁匠铺

每次我都期许父亲可以打一把剑

或者匕首

削铁如泥

可父亲每次只会打来锄头、镰刀

父亲过世后

我在老院子找到一些废铁

可我跑遍了附近乡镇

再也没有发现一家铁匠铺

风筝

越拉着它

它越往高处飞

似乎是一种反向抗拒

放了手,它又掉下来

就像父母在世时

我们一直远走高飞

父母不在了

我们的心就掉了下来

刀鞘

少年时独自出门
父亲交给我一把刀
作为防身之物
我把那把刀别在腰里
瞬间感觉到
腰杆子特别硬气

尽管我遇到那帮混混时
被他们推来搡去
打了几拳
踢了几脚
我都没有沮丧

在我的回忆里

每次复述这件事情
我都会强调，当时
我的腰里
就别着一把刀

流沙

总有一天,风会带走我
水会清洗附着于我的尘埃
那时天空蔚蓝
飞机也是缓缓行驶的船
而云朵不过是天空遗留的杂念
雨水让我们相互清洁
那时你正弯腰驼背
捧起的每一把流沙中都有我
但你的双眼已经严重老花眼
并伴有轻微帕金森综合征
除了颤抖,偶尔流泪
你已经无法把我重新挑出

立交桥下

一排绿化树
齐刷刷地向着一个方向生长
如同一幕舞蹈剧。一群人
以相同的姿势伸出手掌

作为树木
本该有笔直参天
一排绿化树，被人栽在立交桥下
却为追求阳光而倾斜

一排绿化树
多像那些委屈了一生的人

粽子

这些来自田野的米粒
这些白白净净的米粒
这些有了一把子力气的米粒
穿戴整齐的米粒
身着绿衣服的米粒
多像是初次进城
一群羞怯的女孩
怀揣一颗火红的大枣
怀揣对家乡的眷恋

故人重逢

来自家乡的故友

操着纯正的家乡口音

让我觉得

自己才是异乡人

我们海阔天空

我们酒过三巡

我们聊村庄

村里人像撒向大地的种子

遍布四野

我们聊与种子的不同之处

在于，种子比我们

更爱土地

把种子埋了,种子发芽

我们的祖辈,化成泥土

当我们聊到

我那嫁回故乡的大女儿

和操着纯正乡音的外孙女

我瞬间感到骄傲

我们从微醺到大醉

从深夜到黎明

三种心情

一个小个子警察
正在训斥一个
身材魁梧的男子
警察仰着脸
男子却低着头

起初,我感到好笑
接着一阵悲伤
和一种敬仰
在内心弥漫开来
像草原
茂盛又辽阔

假山

一块石头挨着一块石头
一块石头撂着一块石头
那么多石头来自不同的山
重新变成了一座山
屹立在一望无垠的平地上
屹立在各种大院
要找到大院里的人
首先要绕过这些山

送外卖的时候
当我一次次走进这些大院
仍然放不下心里的石头
我才开始理解

那些劳师动众搬运石头的人
是如何挖空心思
重新垒出一座座好看的假山

扫地僧

她是清洁工
但是她正在打扫
景区的寺庙
她是佛的用人
还是佛的家人
她把那些香灰扫在簸箕里
倒掉,倒得很轻
她倒过的香灰
没有从那个木桶里飘出来
没有死灰复燃
她用扫把敲了敲簸箕
像敲木鱼。她让寺庙
更加干净

井

俯身看了看

井已经枯了

已经无法照出

我的倒影

不能确定

有多少人

像我一样

向这口井俯身

寻找我曾经的影子

一口井枯了

会有多少双眼睛

蓄满泪水

第四辑

万物皆有灵

顺从

这些顺从的草

从不违背风的意愿

倒伏着摇摆

风过之后重新站立

风不来

草就一直站着

接受阳光

也接受雨露

我喜欢这些顺从的事物

就像我喜欢海拔低于我故乡的江南

从未发生过水灾

荒滩

乱草丛里的一株玉米
穗头短小，秸秆纤细
它让荒滩看上去更加荒凉

一株乱草丛里的庄稼
和一丛庄稼地的草
命运截然不同

我喜欢这些荒草
因为曾经没有
同庄稼连根拔除
而记恨这一株庄稼

一株面黄肌瘦的庄稼

被乱草簇拥

像一个人的幡然悔悟

数羊

一只羊、两只羊、三只羊
总觉得我在夜里
赶出一群又一群的羊
让它们在漆黑的夜里
无家可归
才会引发一场场杀戮

一个怀揣悲悯的人
不应该数着羊入睡
从今夜开始,我改数狼
数狮子和老虎
对于世界
我做不到像植物一样从容

桃花

在季节与季节的连接处

一定有谁画过红线

"这面属于春天"

倒春寒越过雷池

侵袭桃花

之后,隐身而退

却把果农的眼泪

推卸给季风

那时,我还在

辽阔的苏北平原

像一根全新的唱片机唱臂

指向天空

还不知道,那些红

是开在枝头花

落在地上就是血

草地

草地多么爱牛羊啊
不惜舍身喂养
每当看见肆无忌惮的羊群
在草地上奔跑、践踏
我都想提醒羊群：关于爱和生命
是草地上那些柔软的草
让羊群变得凶猛

每当羊儿低下头
草就紧紧抓住大地
只断裂，不连根拔起
新生的草叶更加青翠
这些草啊，一茬一茬地提供嫩芽
爱着羊群，爱着
满心愧疚的牧羊人

挂在电线上的雨水

雨停了,阳光复出

地上的水

有的形成水流

扑进池塘、河道

有的形成水洼

渗进泥土

而一排水滴

挂在了一根电线上

不知是电线抓住了它们

还是它们抓住了电线

在此之前

作为云的一部分

它们准备了那么久

从洁白到乌黑

从高处到低处

为了等待天气突变

遭遇了电闪雷击

终于落了下来

在抵达大地之前

接到指令，结束后

这些雨水

形成了一排

进退两难的眼泪

雪地

不是所有的雪地
都会落下乌鸦
比如一望无际的苏北平原
雪下得多么平整、坦荡
谁说大雪非得掩盖什么
孩童打闹
丢在一边的棉袄
都是那么显眼
母亲喊孩子回家的声音
也是那么温顺
她让雪地结了一层薄薄的冰
不是所有回家的路都那么柔软

大树

屋后的一棵大树

本来是给奶奶留作棺木的

奶奶七十八岁那年病重

急需用钱治疗

父亲决定卖掉大树

伐树人上门时

父亲又好言相求

留高树墩

奶奶病愈出院后

时常坐在那个树墩上

数树墩上的年轮

一数就是一个早晨

一数就是一个黄昏

后来奶奶活到了九十三岁

不知道是否和这些年轮有关

江边独坐

我在江边独坐良久

像一个锚

被船只弃在岸上

尽管我如此努力

除了让往事生锈

并不能让任何事物

停顿下来

太阳还在不断下坠

浸泡着它的江水,不断地变红

映衬着我,不断地生锈

在故乡遇到一场大雪

我终于相信了

故乡如此空旷

也相信大雪无声

没有惊讶、惊喜

没有少年的打闹

嬉戏、奔跑

大雪覆盖后的村庄

见不到行人

阳光照下来

和雪纠缠在一起

形成更大的空白

一首诗不能没有留白

也不能全部留白

如同一张白纸

纸太大

字太少是一种浪费

一个早上,孤独的我

像一把扫帚或铁锹

迟迟没有出门

春风

一冬寄出的北风
此刻收到回信
南方的细雨如针
扎进大地
那些忍不住钻出的芽
如母亲——一个孤儿
出嫁前纳的鞋底
潦草的针脚

如果电瓶车持续加速
肯定能赶在春风之前
最后一场雪抵达后
被横亘着的铁路拦住去路
告诉我一面向东,一面向西

分别需要绕行三公里
可是春风不等人
黄了油菜,又红桃花

在棋子湾遇到大海

1

海浪,看上去
那么杂乱无章
可海浪经过的沙滩
每一处都无比平整
每一粒沙子都选择顺从
在海滩
我身体里装满海风
呼吸如潮涨潮落
沙滩如此干净
石头也如此平整

2

我们各自带着的月亮
仿佛带着各自的爱情
只有天涯海角的岩石
才配得上纯粹的海浪
在棋子湾,我不相信海枯石烂
只相信鲜活、激越、澎湃
才是永恒

3

大地卷起风
方能吹得起这一面蔚蓝的战旗
这里的沙场
没有枪声,扣动扳机前
宁静让人窒息
所有的呐喊排山倒海
所有的事物没有倒影
谁愿意醉卧沙场
举着那面蔚蓝的旗

4

大地不断翻开书页

棋子湾是一页

沙渔塘是一页

在这里,每个人

都是书页里的一个标点

我是前半章的问号

和后半章叹号

5

天下江河奔流到海

这里的大海却叫江、叫塘

像大海的乳名

我爱豪情万丈的海

更爱谨小慎微的沙粒

6

最后一个落日
被云层遮蔽
残留的余晖伸出天空的手指
一枚落下的棋子
定下乾坤

7

一想到大海
我的心里就铺满沙粒
不起尘、不飞扬
一想到海浪
我就原谅了从前
原谅从前的一次次毁灭
和一次次从头再来

狩猎

一只花豹蹲守一上午
捕获了一只野兔
解说员说
花豹用了很长时间的守候
仅仅获得一点点回报
却没有说
那是野兔的全部,是命

寒流

身上有羽绒服

头上有头盔

只有脖颈被架着一把刀

我若低头

刀又架在后脑

我被寒冷押着

在马路上来来回回

大雪天

母亲扫干净院子
撒了几片红薯干
不像有的人家
撒下米,撒下小麦

落在我家的麻雀
肯定也是贫穷的

绿化树

这排绿化树

每年都会被

锯掉一次树冠

待到春天

重新生发新枝

就像我的母亲

一生都被生活

一次次锯掉多余的想法

只保留生命本身

种子

大地从不会遗落

多余的种子

所以秋天和春天之间

总是夹着冬天

那些鸟群集体落下来

在田野里跳跃,叽叽喳喳

多么幸福

我也是其中的一只

我们从不把

田野里的种子啄得干干净净

野花

我喜欢那些不分季节的花

不带任何使命

比如这一片草地

时不时就夹杂着

一朵绽放的小花

有白色的，有黄色的，有红色的

还有紫色的

我甚至叫不出这些花的名字

只能用色彩去分辨它们

我来与不来

他们都会绽放

不带任何使命

作为一朵花

自由地绽放

是多么幸福

池水

风一来,水就不年轻了
就会有一道道皱纹
有时,风会带着雨来
无比欢愉
水珠在水面跳跃
哗啦哗啦
如同祖孙间的亲昵

更多的时候
水陷入一种等待
等日出日落
等斗转星移
也等着水边独坐的人
平静而沉默

落日

天空泛红,乌云很黑
而落下的水滴晶莹剔透
许多事物像异常的天气
我们看见的
往往不是事物的本身
你看,回到大海的水那么的蓝
它们又集体回过头扑向海岸

我爱它们,爱我看见的一切
我爱一个坐在黄昏里的人
天空勾勒出他低垂的头颅
和支起的手臂,他的身影
那么黑,像一块铁
正在燃烧

草

现在,没有谁比一丛荒草
更亲近,更能遮蔽住我的父亲
父亲这一生都在为了铲草除根而奋斗
最后放下锄头,长眠于此
而那些被铲了一茬又一茬的草重新集结
像一场盛大的停战仪式
所有的士兵从战壕里起身,冲上高坡
我是带着火种来坟前跪拜父亲的
也跪拜这些将被我付之一炬的野草

大雪往北

大雪每年都会覆盖一次
村庄裸露的骨头
每走一步都会碎裂
都会咯吱咯吱响
紧咬牙关

但村庄不说
坟墓里的父亲不说
卧病在床的母亲不说
磨道里的老牛不说
过去和现在

大雪里的一双鞋子
不停地向前

一停下来
双脚就会湿
村庄就会流泪

时光之手渐渐把我推远
一步一步把我逼出领地
逼我交出骨头
和手心里的磷火

我只能不断地把工厂
的噪声,翻译成雪崩
把大雪往北的故乡
翻译成都市明亮的夜晚
如同我手心紧握的微光

默不作声

它断了一条腿
还在爬行
它失去了后半身
还在爬行
它咬着微小的草屑

在那个傍晚
我看见许多蚂蚁
经过那只残疾的蚂蚁
仿佛许多人
经过一个街头艺人

落雪

一片雪花对另一片雪花说:
来吧,我们相互取暖
于是,第一场大雪
覆盖了村庄所有的房屋

一场大雪必须遇上黑夜
白覆盖了黑,黑湮灭了白
这黑白难辨的红尘
这黑白交迫下的万家灯火

我不点灯
我愿意独自承担全部的黑暗
任凭大雪覆盖我的心跳
如同覆盖一场疾驰的马蹄声

我要等待一个黎明

等待第一个从房屋里出来的人

推开厚厚的积雪

如同一个村庄生发的第一枝胚芽

倒春寒

倒春寒一直向下挥舞

锋利的刀子

想把平正的大地

切成陡峭的悬崖

想让春天的花朵无处容身

谁说倒春寒里花不开

你看见那抹红了吗

这些伫立在料峭处的红马甲

哪一朵不比梅花鲜艳

哪一朵不比桃花热烈

看见那一抹抹红了吗?

无须确认季节

它们已经在人间蔓延

成就了一个盛大的春天

所有的河流还在路上
——初识大海

需要挖多大的坑

才能装下所有的水

海浪反复回眸,无穷无尽

它们迅速弓起脊背

瞬间开花,又瞬间凋零

一浪又一浪扑上海岸

退去时,沙滩上留下细密的汗渍

被人忽略

我用海水浸湿自己

还是拉不住退回的波浪

我能做到的

只是带走它们的盐

尽管我有磨石般的坚韧

和一口井残余的苦涩

而大海只用了一个波浪

就冲散了我半生编织的篱笆

赞美

天空不需要赞美

我赞美一颗星

大地不需要赞美

我赞美一小片草地

马路不需要赞美

我赞美每一粒

微小的石子

我的赞美太小了

所以我只赞美那些

渺小的事物

赞美他们努力发出的微光

我赞美祖国里

那些微小的人民

池塘

这里是一条小河的下游
不到三百米
就汇入了京杭大运河
作为一条村庄的河流
那是它最好的去处
可是有一部分水
却在这里停了下来
每年旱季
这些水就会在这里
完成它们作为水的使命
只要再往前流短短几分钟
命运就完全不同
每次经过这个池塘
我都会慢下来

有时洗一洗手脚

有时看一看倒影

我是在这条沿河小路

遇到了那个辍学的女孩

她正要背起一袋小麦

我和她聊起河流的去向

和大海

聊起人生和远方

她回头看了看池塘

并没有回答

可她突然锁紧的眉头

暴露了内心的堤坝

你看天空就要黑了

如果麻雀
把晾衣绳当成家
请不要驱赶绳上的麻雀
如果燕子
把电线当成是家
请不要驱赶电线上的燕子
如果一个人
把桥洞当成是家
请不要驱赶桥洞里的人
不要让他们离开一处落脚地
又去寻找另一处
你看天空就要黑了
漫无目的地寻找归宿
很容易加快黑夜的速度

听风

在风里,树木、房屋、胡同
这些迟钝的物体
才是刀子,是伏兵
那么完整的风被割裂
被分散,被包围
风大声呼喊,号哭
呼天抢地,如同走投无路的人
越呼救,门窗越紧闭

一股又一股的风
在外面扑打,来来回回
后来,就消失了

赋月亮

1

每一轮圆月
都要反复经历残缺
如同一个家,每一次团圆
都要经历许多思念和泪水

无月的中秋算不算中秋
当那么多人在路边徘徊
夜风吹拂
一次次压低城市的天空

几十年过去了
生活给了我太多杂念

就像天空把自己交给了月亮

太多的残缺和乌云

相对于圆月,我更喜欢半月

像一切两半的饼

半块交给出门劳作的人

半块留在饭桌上

2

我已经学会了接受

月亮像一枚药片

我忍着疼

却不能接受

半枚月亮

医生说

这种药,药性很强

每次只能吃半片

可我的母亲,在我父亲去世不久

也去世了

被掰开的半片药
留在了床头
像月亮一样
静静地
泛着白

疼痛应该是完整的
不应该折为两半
像一枚月亮
一半留在人间
一半挂在天上

3

我不停地往河里丢石头
试图把月亮打碎
有人说，你不该这样

明晃晃的夜晚多好

自从父母离开之后
我总觉得每一轮圆月
都像是一种残缺
残缺才是
最好的存在方式

阿尔山的水果

用一粒汗水攥住北风
用一粒沙子压住荒凉
这里有一种抑制寸草不生的力量
让人情愿舍此一生,一生不够
就用三生。荒漠变良田
三代林场人捧出
葡萄、西瓜、苹果

我被这些多汁的水果带领
走出荒漠
现在的我不是我
而是这片土地上的
一株苦豆苗
或一棵紫穗槐

我要用紫穗槐编出筐

筐里装满苦豆子

我还要用果汁写下一个符号

谁读了，谁就会

像是被蜜蜂蜇了一下

阿尔山的草

有风时
草带着我们奔跑
无风时
草目送我们奔跑
我喜欢使用"我们"
尽管我时常一个人
领着影子。加入草
就浩浩荡荡
熊红久说
最幸福的草在阿尔山
我觉得
最自由的草也在阿尔山
阿尔山的草

想长在哪儿就长在哪儿

草选对了故乡

就像人选对了伴侣

倒影

斜长在岸边的树
一副险些落水的样子
让经过这里的水
也小心翼翼
过了桥才哗哗流淌
自从我的表婶
借助树干跳进河心
这棵树就一直翘着树冠
努力想把自己长直

这次回家遇到表弟
坐在树干的弯曲处
两条悬挂的腿
和水里倒影对称
像是在水里扎下了根

艾山

只要有山

就会有星辰

向山靠近

也会有云从山中

离开

山中有寺

有人磕头

山中有水

有人举杯

有竹林

就会有青梅竹马

有桃花

就会有两小无猜

有松有石，有草有人
一座山
在一望无际的平原
就能替大地承担一切

芦苇

为了区别于芦苇

我没蓄长发

没着长衫

大风也不能让我飘扬

冬天的芦苇

以勾魂摄魄的姿势

滔滔不绝

今日,我来

有两手准备

做一支芦笛

或者,点一把火焰

一只蚂蚁在搬枯叶

仔细看

是蚂蚁在搬动一片枯叶

不是枯叶自己在走

那枚枯叶

一会儿平移,一会儿立着

一只黑色的蚂蚁

像枯叶上小小的茎

蚂蚁太小了

所以需要仔细观察

需要视线逐渐模糊

像电影镜头逐渐拉远

一个人,背着一捆草在移动

如一段日子在搬动村庄

后记

文字的力量是生命里的一束光

俗话说，勺子碰锅沿，昨天，我和爱人吵了一架，从宏大的人生观到生活中鸡毛蒜皮的琐事，各执己见，谁也说服不了谁。不知怎么，我突然脱口说出："人生，就像一场采蜜的过程。无论过往有多苦，生命最终还是要酿出蜜来。"爱人突然叫我暂停，说："你先把你刚说的话记录下来，免得吵完架，就把这些金句给忘记了。"她这样一说，我们的争吵戛然而止。然后，我开始反思，向她道歉。满天的乌云瞬间烟消云散。

这是我们生活中文字所产生的力量，不仅影响着我，同时也影响着我的家人。我一直喜欢写作，一直把好的作品视如珍宝，久而久之，也就影响到了我的家人。即使是我们夫妻争吵之际，仍然记下一些随时迸发出的金句。这对于我而言意味着什么？居然也能修复我和爱人之间偶尔产生的情感上的细微缝隙，让我们的婚姻逐步趋于完整。

关于文学，我打过许多比方：如果生活是苦的，文学就是服下一味药后含着的一颗糖，糖的甜蜜就会贯穿整个岁月；如果生命是一种攀缘植物，文学就是插在地里的竹竿，给我的生命提供了向上的支撑力。文学是落在我生命空地上的一场大雪，尽管不能改变什么，但绝对会让我变得精彩。

不同阶段的经历，使我对文学有着不同的感受。1988年，我第一次远离故乡，成为一名年轻的农民工，初次对人生产生了思考。那个时期，也是我最迷茫的一个阶段，我爱上了阅读，后来爱上了写作。文学就是插在地里的竹竿，不断地为我的生命提供了向上的支撑力，支撑着我不至于在迷茫中匍匐，不至于在泥泞中挣扎。

爱好是一种容易上瘾的东西，喜欢得越久，心里就越放不下，就越想把它继续坚持下去，越想变得更好。

此后，写作一直支撑着我走过一段又一段的岁月。生活中总会有这样或者那样的事情突然发生，像是道路突然出现转折，这种转折会改变我们的生命走向。

这些年从事过很多工作，比如：码头上的装卸工，流浪在街头的拾荒者，走街串巷的小商贩，争分夺秒的外卖员。曾有人问我，这样的人生你满意吗？我用诗来这样回答：生活给了我多少积雪，我就能遇到多少个春天。

事实上，幸福是一种感觉，只有你愿意打开，幸福才会扑面而来，无处不在。我曾经在临沂的砖厂打了七年工。每天晚上，趴在砖厂的通铺上，写下一篇篇文章，记录当天发生的事情，引发我对生活和生命的思考。写完之后，我会把稿子扔进厨房的灶膛，成为第二天早上烧火做饭用的引柴。当那些文字燃烧成火焰，我在心里告诉自己——谁说文学无用，它如此火热、跳跃，给我提供一日三餐。

由于种种原因，我有很长一段时间只写作不投稿。谈起那些过往，有人会问我，可惜吗？我想说，人生没有一段经历是白费的。即使有些日子我们一无所获，那也不是真正意义上的空白，那些空白，也是为了未来更好的书写而预留的纸张。

就这样，我一边好好活着，一边努力写着，把生活过成了一种不可撼动的磐石，把爱好变成了淙淙流水。当它们相互纠葛，就形成了我命里的山和水。2018年，我穿上了外卖工装，成为一名高龄的外卖小哥。因为工作的原因，争分夺秒的生活已经无法给我的笔墨腾出写作时间，我便试图用语音输入法去写作。在等餐、等电梯，甚至是等红灯的间隙，只要灵感一触发，我都会快速地用语音记下一段文字。当晚上城市安静下来，我再把这些语音转化成文字，整理成一首首的诗歌。

因为生活的节奏不断发生变化，我从最初的小说、散文、随笔的写作，转向了更加便捷的诗歌的写作。在情感深处，我对文字存在着无法割舍的情结。生活和写作的相互碰撞，意外地为我打开了创作的灵感之门。我用五年送外卖的工作间隙，写下了三千多首诗歌。

我们常说，机会是留给有准备的人的，当然也是需要一份幸运来眷顾的，而我恰恰就是被幸运眷顾的那一个。2022年，我的一首不足百字的小诗在网络上迅速走红，引发了媒体和出版界的关注。生活迅速为我打开了另一条道路，至今已经出版三本诗集，也对文学有了更深刻的理解。今年我五十六岁，随着年龄的不断增长，老一代人不断退出舞台，愈发感觉文字成了不可替代的精神依靠。当我记录那些永逝人的名字：王丙现、包成珍……每一个笔画都不可替代，是血，是命，是命里的魂牵梦绕、依依惜别和万般不舍。

如果我是一束被写作拧亮了开关的光，我愿意义无反顾地为余下的生命照亮一条路，用尽所有的能量。

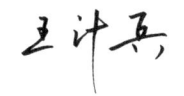